白くぬれた庭に充てる手紙

望月遊馬

七月堂

歌うひと

（魚群がいっせいに春のただなかを切り返す。）
わたしの父も　母も
波をこぼすように泣いた
（声のなかに雪どけを感じる。）
（ほどけ、編み直し、くつがえされ、）
（星座の、すこやかな傾斜角。）
あなたに捺された　冬の消印は
夏の葉書きのなかにゆっくりと紛れた

（この葉書きがあなたに届くころには、わたしはもういないでしょう。靴紐のようにほどけたことばは、あなたの胸には必要ないでしょう。まずはこんなに遅れてしまったこと　あなたに謝りたい。あなたがどんなに祈り、願ったか。あなたに伝えたいことをかきあつめて　小さな葉書きに仕立てあげたら　夏だけが笑っていました。ごめんなさい、と。）

わたしがどんなに貧しくても　豊かでも
ただことばを飲みこむしかなくて
切ないほどの晴れ間です
わたしがたなびくと
すん、と胸がすくんだ
（ああ、まるで陽が沈むようだな。）
（涙だけが溢れて、）
わたしの家族が「川」の字で眠っていたころにも

町工場の荒んだ灯りに　労働のにおいが
揺らいでいた
ランプのしたで労働する　男たちの曲がった背骨
その骨の浸透率にも　ゆきから列車
あるいは光を漏らしながら
人間の兄も、妹も、肩をすくめて笑う母も、
川の字画ですらなく　存在しない漢字として
あなたの葉書きのなかにはあるだろうか
（あなたのために生きているわけではないが。）
島のなか　わたしの労働はきれいな水
てのひらにこぼす、逆るのは
生命の水。
（葉書きのなかに、季節がゆきかい、）

（あなたのなかに冬は含まれている。）
（そのくちびるにも怒り、悲しみは、降る。）

町工場に　しんなりと灯がきざし
人間の兄も、妹も、肩を怒らせている母も、
労働のなかに　ことばを紛らせている
（あなたもつらかったね。それでもあなたが百年も生きる間にわたしはもう焦土になり
果てて、ほら、手のひらだけが未だに燃えさかっている。）
（燃えさかる葉書きには、失墜や堕落が描写されていたが、あなたには愚弄された人間
の川のような微笑みしか見えない。あなたの眸を蝉が飛んで過ると、鳴き声はあとから
波音のように迫ってきた。おはよう。とりかわしたくちづけのなかにも失明があって。
わたしたちの膝がついに黙礼し、葉書きの文脈からおおきく外れても、それでもわかる
のだ。燃えさかることばの比類のない愛が。）

消印のきえかかった
冬、
わたしと、わたしの家族と、
地底の白さとが、
歌う、歌おう。
あなたの歌を朗々と、
きっと、歌おう。

目次

装画＝武内雄大「安心する理由」

白くぬれた庭に充てる手紙

宮島奇譚

島に伝わる七つの伝承をもとに

1．猿の口止め

十月末亥日　今日より十一月初申の祭までは、島中鳴るものを停め戒慎す、此間祝師、上卿潔齋参籠す、唯妓樓は未申兩日のみ、鳴ものを禁ず、（『藝藩通志』より）

しんと張り詰めた盥に　水をいれて
しずまったもの　くぐりゆくものを
こうして両手にそっと迎え入れる大晦日
ゆっくりと手のなかで膨らみゆく水

除夜の鐘のあとに　迎えにきたよ、と子どものあしおとがし
すこし遅れて　みずおとが　ひとつ　みっつ　聞こえ
かぞえるまえに　追いぬいてゆく光
すると　そこには大鳥居がそびえ立っていて
わたしはゆっくりとくぐりゆく
くぐるたびに　みあげれば
朝焼けがある　数羽の鳥の群れがよぎる
鳥は外部であり
敬虔な羽ばたきをせなかに閉ざしている
（おまえの上空にも、微笑のような月。）
早朝、
島には　ふたりの娘が
視線の内側へと縄跳びする　跳んで　ゆるむ

跳んで　跳んで　ゆるむ　あるいは　跳んで
「あんたよりわしが長生きじゃが」
跳んで　――あるいは影
左へ逸れてゆく
この島にもまた
亡き者のやさしさが　そっと噛みふくまれるのだろうか
のどには火鉢
「熱い。熱い。灯ろうにはからっ風。熱い」

少女の縄跳びは、光の振幅――そして少女の膨らみの春は、高確率の命題だ。もしかすると少女の微笑はハルジオン。わたしの声は、ぬくもりの土から地下へと、あるいは地下茎へと到る、放射状の時間であり、少女の先端は佛の坐、日差しへとやわらかい通底の海洋。すると少女は泣き腫れて、く、ずれる、声であり、冬の遠さや春の熱さにも頬を燃やして、蕗のなかに顔を落して、たぷん。ぽとん。あなたは優しい。ほとんどの素

朴さは、火の灯り。あるいは繋がりの糸。たぶん。ぽとん。わたしはゆっくりと少女を
抱き留める。電話のなかで抱き留めることができれば、声の糸は張り巡らされた空間の、
電波のなかの消失した時間に漂流する少女の喉の結節点となり、電話越しのわたし――
つまり外部のわたしは――むしろ糸からときほどかれる運命にある。声は、声未満のな
かに軌道を描くことはない。いつでも喉の位置にあるのは声の故郷。わたしはそこへと
帰りたくなる。声変わりをしても、変性したのは外部にすぎないのだと教えてくれる。

婆は内部へつぶれる　おもさのなかへは
まだ見ぬ季節のものをそっと容れよう
おそるおそる手でおしひろげると　野っ原が頭上にひろがる
葉牡丹　つわぶき　そっと容れたのは、はつふゆのにおい
あなたはとおく
（けして絵にしてはならない。）
（つえいらずの婆が

　踏みしめる大地の力。）
婆の強さに　圧倒される森の熊や鹿はしだいに気圧されて
彼女に道をゆずる　その顔はきびしい
婆は生きてきた時間軸の、人生の　小数点以下を切り捨てる
（些末なことは気にしない、ということではなく、
　失ったものに　執着しないということ。）
小数点以下には　初恋や、はつゆきがふくまれていて
思いだせば、すべてのはじめてと、すべてのさよならを、手放そうとしていた
しかし、
どんなにつらくても、あなたはすっくと立つ、そして風と共にいることを選んだ。それ
は、風に憧憬すること。すこしだけ反抗した川のながれが、ふたつに割れたときの、片
割れの水がやさしく、もう一方の水が厳しいとしても、この割れた水がまたいつかひと
つになったときに、いえないことの中立がほかでもないわたしの舟へと衝突するのだと

思う。だから愛とは、どうすることもできないしぐさなのだと。
たくさんのひとが励ましてくれる
ふいに波のなか　欠けた茶碗にふれる
その起伏もまた人生のようだ、とおなじく欠けた歯で婆は笑った
（わたしはしずかに島を歩きながら、渉猟していた風を、ときはなつ。そのたびに、わたしの瞳孔はすこしひらく。風が目に入ることはなくとも。）
（婆は、ほんのりと笑い、またおなじように渉猟した風を、ときはなつ。婆の眸はそのたびに光る。遠いものを見るようにして、婆は風を、ときはなつ。）
（冬はそのように、すぎゆく。燐寸の揺れ幅が引き潮のように鎮静するときには、やはり、冬はそのように、すぎゆく。わたしは俎上にあふれる。）
（こぶしのなかには　わたしもふくまれていて、）
婆は　駒ひとつのかがやきを打ちさす
盥のなかには　なずな　ごぎょう　はこべら

無きものを　胸のなかにだけ提げるよ
すずな　すずしろ　まだ春には遠い
しかし　冬を呼んではいけない
冬を呼んだら　猿たちが目ざめる
（猿たちはいつも小数点のなかにある。）
（ほんとうは　にんげんの欲望を胸に焦がしている。けれどもそれは、貴族階級のしぐさだから、猿はふわふわと踊る。そのことだけは確かだ。）
（こぶしのなかには　あなたもふくまれていて、）
猿とは　まるで黙したままのふきのとう
婆の手にかかれば　たやすいもの
煮ても焼いても
うまい飯になる
（休暇になれば　上司のことを忘れてよい。）

（退職届は　けはいのとどかぬところへ、そっと。）

この島には　なにも要らない
なにも持たないでよい
にんげんのふりをするな！
猿が黙ったら　にんげんはしゃべってはならない
島のことばによって　日は遅々とする
音沙汰はない　声もあげない
ただ微かに鼓動している

静かな島の岬に
ひたひたと満ちる波音だけが残　　る

2．宮寫貝

當島海濱にあり、蛤蜊の類多きが中に、殼表に自然と宮殿廊廡、或は堂塔鳥居などの形を寫せるあり、是を宮寫貝とて、拾ひ得るもの甚珍とす、島第一の奇品なり、今或は是に擬し、殼内に、宮殿、鳥井など畫て賣あり、是と混すべからず、（『藝藩通志』より）

あれは僧侶のうちのひとり。鳥居にはあまねく僧侶三人のすがた
一人は　なにも見ず、ただ定規のような正しさ深さで

ものごとを　垂直に、知るのだ、
他の二人は　こえを土に還す　うまれきえゆくものを
風に還す、そういう役割……
（そういう役割になる明日の職場の忘年会が憂鬱だ。）
（ぜったいにわたしは飲んだくれの世話をする。）
島のちかくには、分かりかけている、工務店あり、
世論、生活指導、家庭環境、見ず、
うなじ、後れ毛、えりあし、見ず、
破れかけの、ことばで、もの申す、
「お行きなさい」
「おまえの労務は　いちにちの烈しい体操の　あと
たがえず骨盤をつなぎとめる　手紙　あるいは火
お行きなさい　おまえにはまだ生きる権利がある」

息にあしをとられる
口もとをひく、おおきなレリーフ、刺繍
島にはほんとうの父も母もいない
（営業成績よりも、えがおの練習をする。）
（会社にゆくだけで心配される。）
景品をもらうかのように
両手にはこんもりと土
すると
しもばしらが　さく　さく、と微かに響く
それを聞いた男児が
春の音だ！　春の音だ！　とはしゃいだ
さく、さく、とほどける薄氷にも、萌黄の陽が差す。春のぬくもりが薄氷にひえびえと、とかれゆくのが分かる。男児のポシェットにはたんぽぽが断片としてあり、みどりや黄のはながほどけ、さく、さく、と雪はくずれて、咲く、咲く、とたんぽぽははなひらいた、その黄の粒の細かさや精妙さ。ぬくもりは手から腕へ、半身へ、ひらくようにつたわる。その温度。男児はこぼれるように笑い、たんぽぽのいくつかを口もとにあてがう。すると、はるのおとがするね。さく、さく。はるのおとがするよ。咲く。ぼくたちの秘密。このせかいには、白い光が満ちるから、ぼくたちはきっと透明になる。男児は耳をそよがせて、ぼくたちはきっと透明になる。

男児の耳飾りには　鹿の角　きらり
春の波をそよがせる
浅蜊をうらがえすと　宮廷のくらしが映る
かつて後白河法皇は島に上陸し
ひらかれた耳に　かきくどいた
伊都岐島大明神は　女の静けさ　逞しさは
夫やこどもを

軽々と担ぎあげ　石のしたにがっしりとおろし
微かに　島を泡立てた
（くりかえし　踏みつけにされ　それでも残るものをわたしは粒ぞろいに笑いかける。
ほんとうは寂しかった川。おまえのなかで豊かに泳ぎきるから。）
大鳥居の根元には　しろい貝がひとつあり
頭髪をうつす　すべてをひっつめて
瞬きがのこるが　やがてそれも消え
風俗も　文化も　きちんと壊される
椀のなかには　貝がぽつん
（ちょっとした外出だからこそ化粧をすればよかった。）
（腰までのびた髪はあした切ります、おやすみ。）
あさってには島は大晦日
わたしの底には大鳥居がある　いまだに僧侶はおお笑いし

貝がくちぐちに閉じるのを
覆うように見ている

3. 雪の跡

雪の晨、廻廊の屋根、舞臺の上に、常人の足三つ四つも合せたる、大きの足跡、一丈許も隔てゝありといへり、すべて此島にて我慢なる者は、彌山又は本社の邊にて、大の男長一丈有餘なるが現れて、行逢ことあり、此時はいかに我慢の者たりとも、心怯れ體すくみ、顚倒迷亂すといへり、されど其身ひとり覺えて、他人の目には更に見えずといへり、(『藝藩通志』より)

屋根のうえに、ハネムーン。こんなぼろい家に住みたくなんかない。家の白い庭には顔が並んでいる。ずっとわたしを見てくる黒い顔だ。ふつかまえに仕事を辞めて帰郷した。島の民はあるような、ないような唇でことばを奪った。青い花や白い蝶の起こす爽やかな風は、夏から秋にかけて、時折りんごあめやイカ焼きの屋台の比率をあげていたが、それもヒトのゆきかいの烈しさを商売の広さへと近づけた。おまえの心はパンで挟んだように簡素だよ。サンドウィッチの卵やハムの機嫌をうかがって、教育だの躾けだのという、あの上司の言動には鼻がもげるほどだ。いわゆる冬の躾けというものは、仕組みなのだ、と父がいった。ながれ星がふたつながれた。ほら、白い粒、乳白な川だよ。そう、天の川か。ゆびさすさきには、闇があった。父はときどき光を溜める井戸のように、狂った。来る日もくる日も、会社は下請けにすぎず、外回りのことも、営業のことも、家族には見えないようだった。だからほんとうのことはいわなかった。冬になり、布団のなかで目を凝らす。視力だけが現場だ。ことばに耐えることも、落ちつづける滝とおなじ。光と雪がとりかわされる。すると青い天狗が過ぎった。屋根のうえに、ぼろ家のハネムーン、か。皮肉だ。すさまじい天狗の影。彼とおそろいになるはずの顔たちは、丈夫できれいだ。屋根にしん、すん、と残るのは川跡。翌朝にかえりみれば、雪のなかにいくつかの凹み。その凹みの数は、わたしの年齢のかずとおなじだけあった。としつきの美しさ。わたしは来年四十になる。

4. 龍燈

正月元日より、三日又は五日、風浪静なる曉、大鳥居の前、海上に浮び出る、年によりて、燈の多少一定ならず、先波面に、一燈浮び出、其傍より又出て、七八燈、多きは三十、五十に至る、其色常の燈火に異ならず、後合ふて一燈となり、曙天に至て消失す、現れざる年もあり、正月六日の夜は、腰細浦邊に浮び出るなり、例年遠近の客、此夜、彌山毘沙門堂に参籠して、七日の曉に、四所明神遙拜所より、これを臨觀す、燈の様子は、前にいへるごとし、但風あらく波高き時は、光搖動して見定めがたし、すべて此龍燈のことは、衆人の親しく觀るところにて、島の第一奇なり、虞初新志に、姚江神燈記あり、此物とひとしく思はる、同記に、不レ可レ知則

神矣といへるも、亦こゝに移して評とすべし、(『藝藩通志』より)

火をうけとめる　風をうけとめる　みずを
うけとめる　光　を
う　け　とめる
(かぜのなかにそよがせる。そよぐたびに、受けとったものは、解体する。)
(ならば、きみはどのように生きていたいか。)
(分からない。分からないけれど、生きていたい。)
子をうけとめるのは　たっぷりとした腕
そのようにしても　しなくても　てのひらいっぱいに　子が泣けば
きれいなものは　捨てるし
汚いものは　ずっと大切にする

（風がなくなってしまった町では、鳥を空に浮かべることができないので、男たちは織り機で風を織る。透明な風の生地は、はためきはじめる。織りあげられた、ふたつの風の布は、家々の屋根のたかさに張り巡らされ、鳥をそっとそこに浮かべるとひらかれた羽は　ときに烈しく　潔く　羽ばたく。風の布のなかをゆっくりと遠ざかる鳥の群よ。鳥たちは言うのだ。「飛ぶことを　逡巡するな。おのれの羽の骨組みを信じろ」こうして　そっと遠く飛びつづける渡り鳥の、その羽の骨組みの連続性に、あなたは酔いしれて耳をひらく。）

（風がなければ、風を創ればよい、という神の命令によって、男たちの織り機は止まることがない。女は男とおなじように織り機で風を織るものと、風の力学を発明するものとに二分され、ある女たちは崖や海辺に実験室を作り、風の発生過程を研究した。織り機によって風を編むためには、まず糸という特殊な気体を精製し、この糸を、織り機に張ることからはじまった。正しく糸が位置づけられたときだけ、そこには微かなはためきが発生する。このはためきの波形に、固定された鳥を位置づけて、鳥の羽ばたきの軌道を、風の軌道と重ねあわせる実験が多発した。それを数値化し記録したのもまた女たちだった。科学の黎明はまさに女の手によるものだったのだ。）
河口のちかく　尖ったやまに　さきぼそった川
それらは平等に　あなたをゆるす
そのようにしても　しなくても
（暮らしのなかに、埋もれてしまった手記。庭の盛り土に注ぐ日差し。亡き伯母から受け継いだカヌレの調理法。日々のうちに忘れがちなものを、そっとてのひらにこめる。忘れないように。すると、わたしのなかを通り過ぎる列車が激しい、ことばでも、数式でもなく、がたん、ごとん。息をひらいて。畑には女児がいて、蝶は慌てふためき消える。あおい風が、巻きとるようにあなたを通過する。ごとん。がたん。）
（部長がうつし忘れたことばを火鉢にそそぎいれる。）
（わたしは会社でしずかな雨になる。口紅も、ことばも、みずにすきとおる。）
うけとめるものの　しずけさは

手のひらの深さ、寛容さ、でもあるから
わたしは　しゃがんで
こくん、と一度だけうなずいて……
（部長が退勤したあとお菓子交換会がはじまる。男の同僚から、このカヌレ要るか、と
訊かれ、要りませんというと、貰っときなよと押しつけてくる。）
（わたしは、口をもぐもぐさせながらつくえに突っ伏していた。）
わたしの火を　受けとったひとは
罪過を燃やしつづけるだろう
（お母さん　あの火はどうして揺れているの。）
（それはね、償うこと、生きることに耐えられないからよ。）
（ほんとうに　そうだろうか。）（ほんとうよ。）
わたしは　首をかしげる
ちいさく微笑んでも　おおきく微笑んでも　どうせおなじ

やさしさのぶんだけ　たしなめられるだけだ

春はもうすぐなのに
わたしの定理だけが
成立しない

5．みさき

山上又浦邊にても、黄昏より時ありて、多くの人聲きこえ、又人の呼聲することあり、檜尾谷包谷などはわきて聲頻なり、亦山靈の所爲なるべし、是をみさきといひて、島人相怕る、みさきは御さけびの義なりや、けひ反きなり、（『藝藩通志』より）

卵、ひとりひとつ、うけとる
（産まれるものの酔狂に。）
列をなし　両手に風をすくいあげ

わたしたち
卵、ひとりひとつ、うけとる
このまま　輪になってきえゆくなら
ヒナたちの出荷は　きっと間に合う、はなかんむりが風に飛ばされ……
（卵の鋳も、わたしの火も、手のひらの外側にある。）
（外側には川がながれている。あなたが、夜勤の準備をしていると、この夜に寝がえりを打つひとびとが、ほしの破片を枕につぶす。つぎつぎと。ねむりを開くことを念じて。）
（川は複雑性のなかで、夜勤の労働者をつぎつぎと熱していた。このぬるま湯のような現場では、川の熱度でさえ、焔に優っているのだと。そしてわたしたちは、その星座の描ききれない地平に泣くだろう。あたかも売れ残ったヒナのように。そこには風の存在だけがある。）
卵　ひとりふたつ、うけとる

生きのびるために　ひとつ
叩き割るために　ひとつ
（あなたの喜ぶ顔が見たい。）
（手をたたいて喜んでいる猿。）
「ときどき、きれいなことばに惑わされそうになるので
出来れば　しゃべらない動物を近くに繋いでいたい
彼らが正確無比に　捕食し　捕食されるのを眺めていたい
骨肉を積載したおおきな船が　砕氷しながら
進んでいく　航路の
隆起した水面には　冬の生きものの声を繋ぎたい」
正月に夜の鐘を鳴らす
（鳴らすことは、暮らすことと同じ。）
（四角い場所に、夜勤で寝泊りする男たちが、公明正大であったのならば、夜勤の仕事

は、夫や子ども。家族のためにひしひしと生活を零すほかなかっただろう。当時、貧乏で、苦しくて、ひとりひとつ、卵を買うお金もなくて。根無し草のように生きるしかなかった。卵、ひとりひとつ　うけとる、か。けれど、うけとったのはちいさな火鉢で。）

（どうして、これほどまでに貧しくされてしまったのか。手遅れになるまえに、村に火を放つべきだったのだ。草はちいさな煙を浮かべ、それから種を落した。植物はそのようにして経歴を語る。だがわたしは植物ではない。だから、わたしは輝かしい宗教のようにはいかない。）

その夜

山をおちゆく　猿の声

数えるほどに　数は分からなくなる

（冬は、きれいな貨幣。）

（わたしは小さくうなずいて、そのまま町に溶け込んでいった。）

（雪は、結晶のひとつひとつに、鏡を持っていた。映すもの、写像するもの、を発散させながら、それでも雪は鏡とともにありつづけるから、主体の不安に耐えきれなくなった鏡はついに割れてしまった。それによって鏡にも自我があることが発見されたのだ。）
（しずけさのなかに……。）
わたしたちは
卵、ひとりみっつ、うけとる
腐っているものを　ひとつ
あふれだしているものを　ひとつ
そして　あなたのための特別を　ひとつ

6. 神馬

常に神厩に繋喂ひ、神遊の時、儀仗に入る、昔より黑毛栗毛など、その他異色の馬を献納するとも、次第に毛をかへて白くなり、一二年の間には、必純白となる亦あやし、(『藝藩通志』より)

ほどけるように産み落とした　馬は
白くほんのりしていた　ゆきかうまなざしを、くぐるたび
わたしのひらききった大晦日は

おしばなのように　しずまっていた
馬は　ひゅんひゅんと駆けることも
たいせつなひとに寄り添うことも学んだのに
それなのに　鍵のようなまなざしで
ふかく心を差し出しては　泣くことしかしなかったのだ
（やさしさは　すこし、かくしておく。）
（馬の素振りは　正義感や公正さでは表現できない。）
ほんとうは　馬は……

馬をみつめるひとの眸のなかの、ぷちぷちとつぶす野苺、のような赤。芳しい。地には太陽、ひくくながれる川。わたしは泥船のごとき町にうまれ、町工場から見える夕焼けや星座に祈りながら育った。貧乏でもよかった。わたしの胸のしずけさが川の形に眠る家族のなかにもこぼれだす。島には素数だけ馬がおり、はだかんぼの男児は西瓜のように転がり、ころん。ことん。そして男児はくしゃりと笑った。馬の眸は、男児を精確に捉えたが、うまれてきたものへの断定は眸のおおきさからはずれていた。はたして男児は馬に耳打ちし、ありふれたことばを、とりかわした。それはまるで火をもらいうけるようだ。熱さのなかに、わたしはある。馬は急激にうす白くなった。
やさしさのなかでしか　しのぐことができない
わたしは　はだかんぼの男児をだきあげ
男児は西瓜のように転がり、ころん。ことん。
（ほら、そっと撫でてごらん。）
まなざしはさかだちし　やさしい馬はふわりといなないた
そして学びのなかで　馬たちは教科書通りに微笑んだ
教えられたことわりのなかにしか　ぶらさがれないからだ

わたしは町へと　動物の臓器をひとつ買いにゆく

7. 彌山の松明

彌山より、時として松明をふりゆくが如き火の燃ることあり、是を俗に彌山の松明とも、又守護神の火とも云、此火、島の人屢見る所なり、色は人のもつ炬火より赤し、多くは彌山の上にあれど、本地堂の前岡、牛王觀音の邊、又は山腰などに現はるゝこともあり、松梢に飛交ひ、樹間を繞通ふ、その光にて枝葉もこまかに見ゆるばかりなり、近き頃幸町の人、中の町の上山腰に、斗桶の大なる火、地を離るゝこと一丈許にて、もゆるを見しといへり、是亦山靈のしからしむるところにて、尋常燐火の類にあらず、（『藝藩通志』より）

ぼう、とみえる灯　に
生けるものの嘆きをみる　シャベルで掘るばかりの勤労感謝
わたしの嘆きも　底辺
（このゆきずりの仲にもたしかに寂寞はあって、考えることやそうでないことの差延が
満ちてゆく。すこしずつ目減りしていたわたしの肯定感も、おもえば些細なことだ。）
（雪が降ることも常態であり、わたしたちは白いだけで満了する。おぼえの悪いわたし
が口に含んだのはきおく。きおくとは、過ぎれば忘れゆくし、おぼえていれば残るまで
のことだ。）
そしてシャベルは快活だ　シャベルたちはときに声をあげて笑い、土の深くでねむるモ
グラやおけらにちょっかいをだす
（月の満ち欠けのうちにも、こうした獣たちが味わい深く生活をしている。そういった
獣たちの矜持。彼らは痛快に土を掘る。そのなかにも、にんげんの表現の本質／限界が

あったのではないか。)
(たとえば隣家の母は、そういった表現を原動力にして、実に豊かな技芸をしているのではないか。あくまでこれは、わたしの奔放な想像。)
島には　灯がもつれる
夜蛾がそのへんを遊びまわる
シャベルの切っ先に　ねずみが接吻する
山は静かだ
(ほんとうは生きぬくことをしたかった。)(ことばでは言えないし癒えない。)
(ことばでしか言えないし癒えない。)
(この火は　生きているのか　死んでいるのか。)
(わたしの境域は、川により、あるいは、等高線により、区画され、とりかわされている。わたしとわたしでないものは、このようにして比較される。卑近な例でいえば、先ごろの市町村合併の件。)

（わたしたちは　合併するほかない。）（合併することで、権利を主張するものたちの闘争が起こるかもしれない。やがてそれはことばに織り込まれていく。）
（喉元過ぎれば熱さも忘れる、というべきだ。）
（わたしのなかに、少年とも少女ともつかぬ切り株があって、それを鋸で切るということは、胸のうえに射精されるのとおなじことだ。）
（ことば少なに、焼酎をもらう。この町の、盃ともいえるような丘に、ぎりぎりまで酒をつぐと、月があふれてくる。）
きれいだ　きれいだ　きれいだ　と、くちかずのなかに
泥縄をしずめた
馬はいないて、中心から崩れた
ぼう、とみえる灯　に
生けるものの嘆きをみる　わたしたちは
きのうの火を　手渡し

きょうの火を　待つ
あすの火は　わたしたちのなかにある

宮島朗唱

島でのひとつのできごとをもとに

風の骨密度

その夏、中学生だったわたしは友人と宮島を訪れた。山はみどりに包まれて、大きな雲が風のなかを流れていた。友人はひょろりとした背格好で川のなかをのぞきこむ。きらきらと光が渡り、川とまじりながらゆっくりと通過する日差しがあった。また、濃い葉陰がわたしたちを赦すようにしずまっていた。やがてわたしたちは山をゆっくりとのぼりはじめた。みちゆきにすれちがう登山者との深いお辞儀も、とりかわすたびに新鮮な気持ちになった。すべてのひとが違う高さに頭を下げる。まるで定点などないかのように、それぞれの深さのお辞儀。そのなかでももっとも深くまで頭を下げた友人は、それだけ強情だったし、それだけ優しくもあったかもしれない。彼はわたしのすこし先を登って、わたしを気遣ってときどき立ちどまっては振り返った。やがて頂上付近に差しかかったとき、前のほうから猿が歩いてきた。猿の視線は自然と友人の顔へとそそがれた。そのとたん友人の表情は俄かにぼやけて輪郭をうしなった気がした。目も鼻も口も散らばったように、かきあつめることのむずかしい抽象的な表情になった。それは目や鼻や口を繋いでいるそれぞれの感情の糸が張りつめて、風圧に落下する凧のようにあたりをひっかき回して、顔の輪郭をかき散らした。それでも友人は、まとまらない顔をどうにかまとめあげて猿に向き直った。猿は毅然としてわたしたちとすれちがった。そのときの友人の気高いお辞儀をわたしは忘れられない。深くふかく、燃えあがるようなお辞儀だった。どこまでも火焔地獄が続くかのように。その闘志は、猿へ、というよりは、大自然へ向けられたものだ、といった方が適当だろう。それにしても、わたしは友人と対等にわたりあう猿の、ひざ掛けのようなぬくもりを忘れがたい。そうして猿はみずからの場所を語り、わたしたちは登山を成功した。山頂から見えたのは、瀬戸内海の穏やかな白波だった。そこには厳しさも、柔らかさもあった。けして波の高くない瀬戸の、音楽のような波音は、ひらかれたわたしの耳にも流れこむだろうか。すこしずつ千切れていく音の破片に、波浪のなかに、光や香りさえも含まれているようだった。わたしは立ちつくしていた。夏の光のまばゆさのなかで、ひとしきり海を見て、音楽のように笑った。そしてわたしたちは山を下りた。下山の途中に、ちょうど猿とすれちがった場所に差しかかる。すると友人はわたしに笑いかける。あの猿すごかったな、と。そんな友人の長い睫毛に夏の余熱を感じたような気がしてわたしは目を伏せた。そのときの友人の表情はあまりにも険しかった。見たことのない顔つきをした少年の、忘れられない燃えあがったお辞儀。中学生のころの思い出である。

ひとつの素描による夕焼けの物語

島流し

夕焼けの陽があらゆる角度に差し込んでくる。陽の燃えさかるぱちぱちという音はひらかれた耳たちに一斉に受けとめられる。芙蓉の木が引き抜かれたあとの、その寂しい空白にも光は降りてくる。木を指差せば、空がほのめいて、細かく崩れた雲がゆっくりとわたしのところへと流れついてくる。百万年前の空もこんなに明るんでいたろうか。それは産まれる前の余白に違いなく、細密に書き留めることも、記憶を繋ぎながらその声を記譜することも、もはや叶わない遠い時空だった。かつての時間——デボン紀、シルル紀、カンブリア紀、そしてその余白はわたしの死んださきにもながく続き、それももはや自明のこと——つまりいつか死ぬということをわたしたちはやわらかく両手に受けた。わたしの眸は——その視覚のもたらす空間はひとつの領有となり、そこを渡り鳥が過ぎるとき彼らの羽には新鮮な歓びがふくまれていた。鳥たちは生きろ、と言いながら羽ばたいた。生きろ、生きろ、つぎつぎと飛び立つ。鳥たちの骨が激しく軋む。羽ばたきの動力がわたしの空を風でいっぱいにした——そんな淡い雲のつぶさに翳りゆく空を見あげながら、わたしは遠い島のことに思いを馳せる。その島は小豆島と呼ばれていた。わたしの係累が小豆島から人間たちによってこの島へと連れてこられたとき時代は戦後であった。係累たちは縄にかけられ、視界を奪われて、見えない景色のなかを運ばれた——ときおりのトラックの振動や水にゆらぐ波形のバイオリズムから微かに状況を知るほかはなかった——わたしの係累はあずかり知らぬ事情から連れ去られて、この島へとやってきた。そこはなにもない未開地だった。わたしたちはその場所に繫ぎ留められたのだ。しかしわたしたちは子をなすことはやめなかった。子は孫を孕み、孫はひ孫を孕んだ。この連鎖によって生命の縦糸を紡いできたのである。しかし人間を信用していたわけではない。人間の智謀を警戒せよ。そうつぶやく声にわたしもまた連帯した。夕焼けの燃えさかる火焔のなかにわたしはあって——その火は消えることなく所在を濃くしていった。われわれ係累は暮らしのなかに情熱を注ぎながらも、絶えず風説に晒された。たとえば、わたしたちを人間が島から追いだすのではないか、という噂は、もっともよく知られたものだ。誰ともなく囁くその風説は冬が終わり、春が訪れ、また夏から秋にかけて、より多く聞かれるようになった。人間たちは島の研究所におり、博士を筆頭に研究員等が調査をしていた。博士の頸には立派な望遠レンズがかけられていた。レンズをとおして見つめるさきには、豊かな島の植物だけではなく、熾烈な星の輝きや、動物の覇権、その烈しさも存在した。わたしの傷だらけの手足にも博士のレンズが及んだ時、未来を透視する博士の眸をわたしは本能的に躱した。博士の視線はゆきばを失い、かたわらの岩石に飛散った。わたしは即座にその場を離れた。——それにしても、なぜ人間はわたしたちを島から追いだすのか。人間たちは影のように流れて、そしてやがて翳り消えゆく。返り討ちにしてやろうと彼らの影を捉えたと思えば、もうそこには何もない。ただ、人間の声だけが揺らめいていた。わたしたちはいつしか人間に報復することを考えるようになった。わたしたちの眸は燃えさかっていた。冬。山のかすかな傾斜には菫の群生がどこまでも続いていた。海では波が豊かに打ち寄せてきた。人間に報復するためにまずはロープウエーの電気系統を狂わせる必要があった。また、研究所には監視をつけた。ロープウエーがなければ人間は成す術がない。あしもとにたつ砂埃が塵とともに視線のさきをくもらせた。ふと、わたしがいつか見た夢が思いだされる。その夢のなかでわたしは渡り鳥だった。この空には必ず風脈があるから、そこをねらって飛び立てよ。と、父の鳥は言ったはずだ。晴れ間にむけて決死の覚悟で飛び立てよ、と言い残し、父は羽をひろげた。ひろがった羽は風によって細かく微動し、子に父はついにほんとうの名を告げた――。夢から醒めたわたしたちは、見えない羽を胸のなかに隠し持ち、その羽ばたきによって何かを証明しようとしていた。尾根を駆けるたびに、みるみるロープウエーの起動音が近づいた。やがてわたしたちはロープウエーのふもとにたどりつく。人間を待伏せる。しかし見渡す限りどこにも人間はいなかった。ロープウエーの電気系統を狂わせるために仲間をそちらに送ったのだが、彼らからの報せもない。もとより研究所はいつしか廃墟と化していた。それならばまいにちわたしたちが見た博士や研究員たちは実在しなかったのだろうか。あらかじめ居ないはずのものを見て、不在のものに怯えてきたのか。廃墟を見ると窓があり、そこには幽霊の博士の顔が映った。いや違う。それはすこし欠けた顔のわたしたちそのものだった。欠損した鼻。半月状の眸。どれもが少し足りない。抑制された表情をし、膨らみかけた風船のように揺らめいていた。ならばわたしこそが博士だったのか。人間の独房にはいり性衝動のままに産み、ふえていたのか。それならここは島などではなく洋館のある小さな庭でテラスにはテーブルがあり父は新聞記者で母は大学教授そしてわたしはフランスの地勢をまなぶ学生だ。これはひとつの家族の肖像にすぎない。焼きたてのカヌレにスウプをそえて静かな休日を満喫している地方都市の表情。妹の膨らんだスカートがタンポポのようだ。庭の百葉箱のみどりの深みが陥穽におもわれる。生きることの命法はたえずわたしたちを包囲した。見えない博士の、聴こえない声が、わたしたちをたぐりよせる。その仕方には、わたしたちの係累のしぐさや身じろぎがたえず連動し、ことばにしえない叫びへと到った。はたしてわたしたちは何者なのか。生き物が暮す場所。そこに差別はありえなかった。多様な動植物が蠢くのを、遠ざかる記憶の彼方に遠望し、かつての記憶は現在の記憶へと開通した。記憶は互いに溶け込んで、曖昧でたあいのないものに変性した。いや、そう思おうとしたのではないか。いつだったか係累が小豆島から運ばれるトラックのなかで、不安に苛まれて、ゆくすえも知れず、ことばの通じない運転手のハンドルの手さばきに委ねられたことを、わたしたちはけして忘れはしなかった。船の上下する水の波形のバイオリズムに、怒りや悲しみが同調し、ひとつの大きな揺らぎとなったこと、すなわち、ひとつの大きな物語となったことを、わたしたちはけして忘れはしなかった。その大きな物語を切断するように、視界をロープウエーが下降してゆく。——そのときだった。島に光が降り注いだ。光は島全体をまばゆく覆いつくした。光はみずを渡り、かぜを渡り、あらゆるものを白くそめあげた。そのあまりに烈しいまばゆさにわたしは思わず目を閉じた——。

捕獲作戦

一九六二年「観光」と「生態学研究」を目的として小豆島から宮島に人間によって猿が四七頭連れてこられた。これがすべての始まりだった。ロープウエーを運行する観光会社によって猿はたいせつに飼育された。猿がいたのは宮島の弥山の周辺だった。ときどき弥山山頂に来た登山者は猿を温かく見守った。写真におさめるものや、たべものを分けるものもあった。研究所の博士たちは猿の研究をした。研究員は望遠レンズを向けながらいうのだった。「見ることと、否定することは似ている。あるものを視界にいれることは、すでにそれを拒んでいるということだ。見ることとは先天的な否定形なのだ」。

人間の赤ちゃんが笑いかけると　猿はおおきく静止した

あー　うー
ことばにならない　やわらかなもの
赤ちゃんの　こぼれかけの手足を
そっと注ぎいれて　気づけば
うでのなか
遠くをまなざすと
島の沖合いに　やわらかな白波が立つ
牡蠣の筏が　整列している瀬戸の
島に住む　彼らはしずかな生徒だった

毎日、人間は猿に食べものをくばった。夕焼けの明るい陽のなかに幾分含まれる翳りにも人間は笑いかけてくれる。ロープウエーで引き揚げる人間に猿はいつまでも手を振っていた。それから数年が経った。猿の群れの勢力は分裂し、それぞれが精力的に縄張りを広げた。やがて猿たちはみかん農園にしのびこむようになった。やがてあらゆるみかんは罵られた。そのたびに人間たちは怒り狂った。生活が困窮してしまう。こうして猿を捕獲し、島から追いだそうという計画が囁かれ始める。
包含した時間のどこまでも続く野、野、野、
猿たちは
むかしと変わらない
こぼれかけの精神で
人間に清潔な手を振っていた
猿の引っ越し先は日本モンキーセンターのカニクイザル放飼場跡だった。冬になりサル捕獲計画が近づいた。ロープウエーのちかくに大型や小型の檻を設置し、まずは猿の警戒を解くところからはじまった。くだものや大豆を撒き様子を見る。やがて猿は檻のなかに入るようになった。——こうして博士たちはいなくなる者のための準備をした。それはわたしたちが証人であるということ。ヒトであることの時効を延期することでもあった。「もはや猿たちは骨や肉塊をつめて渡しきるひとつの舟だ」にんげん臭い川をま

っすぐなまなざしで下流へと漕いだ。援軍の来ない舟のへりには脚のながいもの、眼の
百つあるものをぞろぞろとつめこんだ――、化け物は檻のなかにひきこまれる。
猿たちをたばねていたわたしは
まばゆさのなかで　構成された舟の先陣に
乗りあわせた猿たちと　揺らめいていた
舟は檻のなかへ　なかへと　漕ぎすすむ
するとふいに檻の扉が閉じられる
閉じ込められた猿たちは　キーキーと泣き喚く
（たくさん罠にかかりましたね。）
（簡単だったね。）
捕らえられた猿たちに
人間は　そっと　そっと
壊れものを扱うように　麻酔注射する

動かなくなった猿を　抱きあげ　こぼれかけの手足は
木箱のなかに　ふっくらとおさまる
ロープウエーに木箱はひとつずつ乗せられて　空中を移動する
ロープウエーの電気系統は正常
わたしたちの精神構造も正常
すべてが正常だと信じて疑わないこの世界で、猿たちは論理の岸辺に立たされていた。あくまでも、これは人間の論理であり、猿にとっては、連行されて追放されたというそのディアスポラの歴史に他ならなかった。足もとには波が打ち寄せてくる。波はとおりぬけ、たち消えて、そのさなか飼育員はおもう。ほんとうはずっとそばにいたい。愛しい生きものの波影。ひとつの肉片の軽さのようにちいさな息遣いは純粋な空につながれる。だから猿のきびしい声の片鱗も木箱のひとつひとつの軋みも、ぱらぱらになってきっと忘れない。やがて空へと吸いこまれてゆくのだ。
飼育員は　しらしらと眼を燃やし

すっくと立つ

島国

ここは広島県廿日市市の宮島口
ヒトのにぎわい　飯屋のざわめきに
ぼうとした姿が　なお　垂れこめる
わたしは飼い犬と　飯屋の列にならんだ
（動物たちにとっては、優秀なこどもたちこそが、「次世代」とよばれること。どのような子どもにも素直な外交問題がある。つながること・手をつなぐことは、引き算なのかしら。「次世代」は倫理であり。おぼぬるい川。）
「実直じゃのう　実直じゃのう」

という声に　はっと目をのせると
粒状の生きものが　散らばり逃げていく
（逃げるのではなく、引き受けるのだ。）
わたしは犬を　飯屋の戸口に繋いだ
繋がれた犬は　退屈そうに耳をまわした
飯屋に漂うのは　あなごめしのふっくらとした匂い
職人たちが　往き来する　厨房はにぎやか
男性は　てきぱきと　配膳し　湿った座布団をかさねた
労働のなかには　眸が花火のように散っていた
その飯屋の通りを歩くのは　日傘を差した人影
あるかぐわしい令嬢が
颯爽と闊歩している
そのとき　彼女の持つカヌレが

水溜まりにおちた
――ああ、お母さまに頼まれたカヌレが！
（令嬢を巻きこむように一陣の風が吹きぬける。するとふいに鈴のおとがする。これは
令嬢が大切にしている鈴だ。）
（この鈴は、令嬢と自己同一化した。）
（ぽろぽろと涙をこぼす令嬢。）
（自己同一化したわたしは令嬢を助けなければ、とおもう。）（鳴ることで。）
（わたしは鈴なのだから、鳴るしかない。）（うるさいなあ。）
犬がおおきな欠伸をする
昼になると　チンチン電車から降りた旅客のにぎわいが
すまし顔で　そこらを漂う
ここは鹿や猿が棲んでいる神の島
「鹿に餌をやらないでください！」

そんなお達しが　突きささっている
それは
野生をまもるため　鹿の個体調整のためなのだと市はいう
やがて鹿への給餌ができなくなり　餓死する鹿があふれた
（餌をもらっていた鹿は餌にありつく能力が欠如していたのだ。）
ごみを漁る鹿の胃袋にはビニール片が見つかった
これに対し動物虐待であると反対する人間の勢力と
生態や環境を安定させるために　個体調整することは
ひつようであるという　人間の勢力が対峙した
ただひとついえることは
猿は捕獲され追いだされ　鹿のみが島に残った
両者のちがいは何だったか
どちらが幸せだったか

（鹿は観光資源か。）
（ほんとうは、すべて人間のため。）
（人間が　ご満悦ならそれでいい。）
（いいや、違う。と声をあげるひとがいる。）
（これは動物のため　ひいては人間のため。）
彼らは
この地に産まれ　風のように生きる
考えることに　すこし健康である
わたしはおもう　鹿も　猿も　かけがえのない遠心力
しなやかに駆けていくこと　ことばを持たざるものの正確さ
（こっそりと鹿に餌をやっている人間もいるらしい。）
（すべての猿が捕獲されたわけではないらしい。）
（ずる賢く生きる個体もいる。）

飯屋のにぎわいのなか　わたしは　正確無比にあなごめしを喰う
にんげんの作るものは
どれもが　問うている
不完全であることの差別感情を

とぎれない　時間のなかで
戸口に繋がれた犬だけが
まだかなあ　とつぶやいている

時間

島には　さまざまな動植物が
生きて　息づいている
そのなかでも
島の猿は増えるばかり
一九六二年の四七頭から　時を経て
一〇〇頭以上に増えた
島の鹿も増えるばかり
昭和二〇年を底辺に

六〇〇頭にまで増えた
一方で人間はどうか
島民の高齢化　過疎化は
とまらず
人口は減るばかり
市の税収は減るばかり
社会保障費だけが増えるばかり
空き家だらけの地区
後継者の不存在
入島税の検討
増えた猿は捕獲すればいい
増えた鹿は給餌を禁止して個体調整をすればいい
これは人間の見解だ

では減った人間はどうするか
動物のようには人間を調整できない
それは　人間が動物ではないから
本当にそうだろうか、と博士は問う
かけがえのない人間の
かけがえのない生活拠点を
守るために
わたくしたちがするべきこと
ほんとうは誰もが分かっていたこと
分かっていて見ないふりをしていたこと
わたくしは
思考する
たとえば

遠くにいるひとには
黙秘をすることを教えてあげたい、とわたくしはいう
それが人間を　ざわめかせる
人間は矛盾
すべての現象は矛盾
自然を守りながら傷つけ
平和を願いながら環境破壊する
その論理
どこでもない荒野の
だれでもないわたくしは
こんなにも夢のような野性である
ほんとうは誰もが分かっていたこと
分かっていて見ないふりをしていたこと

聞け！
動物たち！
いつか宇宙がなくなるときに
きっとおまえたちは消えるだろう
わたくしの話した素晴らしいことばの数々も
完全に消滅するだろう
だから安心してほしい
ことばが力も持たないとき
わたくしのことばと
おまえたちの幸せに相関性はない
おまえたちは自由になる
おまえたちはきっと自由になる
おまえたちの　傷だらけの手足……

今日も丸腰のわたくしは
宮島ゆきのフェリーに乗っている
運ばれる先には
波が光っている
いつもの彼らが
待ち構えているのだ

沈みゆく水辺には

天水の名水

入道雲　入道雲
おーい　やーい
（あたらしい喉からほどけゆく舟に湧き水がうるおすのだ白く白く。）
からだの隅々まで重炭酸イオンを行き渡らせる
湧き水は付近に調整池が造成されたことにより汚染したが
原爆の日には献上されていた
男児たちは干からびてゆく
おーい　やーい

耳をつよくひらくと男児の手足はごわついた
こぼれかけの夏に葉擦れはかき鳴る
汚染した湧き水を平和祈念式典にほんとうに献上していいのか
とにんげんは異議を唱える
それに対して役所は「それなら採水地を変えよう」と提案する
けれど単純に採水地を変えればよいのではない
「ここが駄目ならあっちにすればいい」
そんな対処療法では汚染が増えてゆくばかり
けれども
「あなた方はきれいな水きれいな水って言ってますけどねえ、
それなら水道水でも献上すればいいじゃないか！」
という声が聞こえて
なんておそろしい考えだろう

「でも牛田新町にある浄水場の水も原爆の日に献上されているんですよ」
「それならなおさら水道水でもいいじゃないか」
「いや、そういう意味ではなく」
「ならどういう意味だよ」
「それをあなたも一緒に考えませんか」
(なぜ《水道水》が原爆の日に献上されるようになったのか
わたしたちは思考する必要があった。)
美しい水を守らなければならない
時代と空間と環境の遵守によって
にんげんの喉をうるおす
時間の喉をうるおす
のではないかと
調整池を造った土木業者は、水質よりも水量を重視

《過去》と位置づけられることについて
（そんなあいまいな仕事を　わたしも会社でしたことがあったな
　と、ふと反省してみたりする。）
役所、土木業者、それぞれの思考が
ひとつひとつの動作を泡立たせる
男児のランニングのシャツが
白くこそばゆい夏の朝
おーい　やーい
男児たちの声が空に透過しゆく

天水の名水（広島市東区）

湧き水はほとんど涸れてしまっている。8月6日の平和記念式典で献水として使用されていた。水質汚濁の問題は、ここに限らず、広島に無数にある献水地の多くに言えることだった。　（著者撮影）

人形峠

あの日のことを私たちはけして忘れないだろう。たちこめる濃霧のなかをおぼつかないしぐさでゆきかう母娘。夕闇の底には川がながれ、音のしない小石や、動物の死骸。わたしの畏れは、風景を描きながらゆっくりと沈み、しかし少しばかり歪んでいた。母娘はふたりして息せき切る。ばっちゃんが急病で臥せっているから看病しなければと、村人のたしなめる声も聞かず、峠の細道を急いだ。つづら折りの峠の樹木の深まりは、枝葉の輪郭をかき鳴らしつつ、折れた枝をにぎる娘の手掌は冷ややかだった。「わたしから、はなれるでないよ」母と娘は声でつながれている。声のつなぎ目は紐のように、つ、と結わえ、断ち切ることも、つなぎとめることも、もはや意識のひだにはなかった。つないだ声も、つないだ手も、あいまいにときほどかれ、絶えていたかぜさえも頰をそめることなしに、足もとにつまびかれる。音すらもまばらで、ただ母と大地だけが対峙していた。たちこめる濃霧にいつしか娘は姿を消し、母は動顚し、声ばかりをつなごうと試みる。「娘よ。どこへ行った」消えた娘の声のさきぶれにてさぐる根拠がある。けれど、ほどけた娘は消えてしまい、あたりはしんと静まった。そして、ゆっくりと朝は訪れる。陽のもとに母がようやくたどり着くと、そこに娘の姿はなく、娘によく似た人形が一体、そっと置き去られていたという。その人形のあまりの美しさに、母の顔は総崩れした。つないだ声も、つないだ手も、ちがう生きものの口寄せにあずけながら奪われたか。それ以来この峠は人形峠といわれ、ひとびとはこの母娘を祀るために、母子地蔵を築いていまでもこの地に慰めているという。

母子地蔵の
膨らんだ顔をみあげる
おりかさなる夏の雲　鋭角の川はやさしいのに
わたしの視線はゆきばをうしなう
母子地蔵は青空にすっくと立つ
みあげるほどに　ふかまるのは心の亀裂で
それは　川の亀裂ともゆっくりと交わる
（ときには遠ざかったり、顔をにじませたり、）
川の、川岸の線分に
応えるように光を梳かし
声と声がつながる　その瞬間
あなたは　大地の産声を聞く
やがて　人形仙を下山し

父と峠付近の資料館に向かう
（人形峠はかつてウラン鉱脈があり
昭和四十二年には　動力炉・核燃料開発事業団がうまれた
しかし　鉱脈を閉ざし
施設の解体　放射性廃棄物の除染がおこなわれた。）
館内の女性は
すこし困った口もとをし
ウランのことを　家族のことを　息子の育児のことを
話し　わたしにはそれが　強要されているように
思えた
息子のことがあまり好きではないのだと女性はいった
（声は、ほんものになる。）
こうして　知らぬ顔が　ことばを信じるので

真実とは何かが分からなくなる
すると
わたしは　一体の人形と向かいあう
ことばの交わさぬ双方に　しんとした時間がながれる
一瞥した　人形の深さと　わたしの真理は
重なりあわずとも　実に深まるのだ
数秒であるか　数日であるか
（川の線分は　わたしの線分と一瞬　平行し、）
あじわい深く対峙した　わたしの頭上に
星は微動だにせず
原野は白いまままだ
人形峠をあとにし
わたしの運転は　壊れた父とわたしを　故郷へと運んだ

思えば
どんなことも
些細なことから始まると
言われてみれば　確かにそうだった

岡山県にある人形峠・母子地蔵

人形峠にはさまざまな逸話があり、蜘蛛の化け物や蜂の化け物が村人を襲うために、高僧が人形を囮に退治したという伝承も残されている。のちに「まんが日本昔ばなし」でアニメ化された。(著者撮影)

あてどない庭の白さへ

かすかなひと

春から夏のゆるやかな野と　こぼれかけの庭
わたしのブラウスにも白い舟が漂着して
白い舟は　壊れかけのまま
なかから　こびとの船員が這いだしてきては
遠い国の合言葉を　となえた
わたしという舟を　すこしだけ　前進させて
こびとは　果ててしまったか
もうそこには影すらない

こびとたちの溢れる港には　新鮮な魚やていねいな職人が息づいていて　わたしが美しい鉱石の指輪を買うことは　まるでこびとたちへの問いかけのようで　死ぬことも生きることも　永い時間のなかでは　ゆっくりと木べらを持つこびとたちに　かき混ぜられていくような気がした　爛熟する正午　わたしはスウプを口にし　こびとにもそれを飲むように強要した　壊れかけの庭には　薔薇の迷路がつづいている　ここに来る者も出ていく者もいない　この完璧な企図のなかで　わたしは洗い終えた皿を　湿った布巾でぬぐった　こびとたちは　それぞれの仕事に戻った　あるものは漁師として　朝の冷たい町を巨大な魚をひきずって歩いた　あるものは医師として　少女のきずぐちを縫い少女に花のような接吻した　また、あるものは会計士として　ある未亡人の相続にまつわる　不吉な地図を燃やした　すべてのものが　水音のようにひらいていたのだ　その清潔な音　純粋な音——。　わたしが守りたかったのは　そんな音の絵だ

白い舟は　湾を周回し
わたしは口をおさえて　港をあとにした
どんなに苦しくても　消えいりたいと思ったとしても
ことばを棄てることはなかった　そんなあなたに
わたしは　わたしのことばを相続します

兄ちゃんの思い出

子どもたちの脱ぎ捨てたシューズが散乱している川べりの白い舗装路のうえで、わたしは空を見あげていた。薄い白桃色の空はしだいに夕明かりのけはいを帯びて川べりで水のかけあいをしていた子どもたちのランドセルも闇に紛れた。わたしのまえで半パンの少年がシュートのポーズをして、見えないボールは夕ぐれの川むこうへと吸い込まれていった。わたしはその少年の燃えあがる頬をみて、かつて子どもだったときのわたしと重ねた。わたしが子どものとき川むこうの鉄工所で働いている青年がいた。満州から引き揚げてきた係累が起こした会社の、いくつかの部署を横断する作業場のその末端で働く青年は、快活な笑顔と、人当たりの良い性格が印象的だった。わたしたちは彼のことを兄ちゃんと呼んで慕った。想起されるのは兄ちゃんが川でめだかを一緒にすくってくれたこと。逃すなよ！　という兄ちゃんの鋭い声に追いたてられてわたしたちはめだかの周囲に包囲網をつくった。波はさざめいて、めだかの泳ぎの進路はすばやく変わっていく。わたしはそれを素早くすくいとった。それから捕まえためだかをペットボトルにいれて皆で凝視した。めだかはペットボトルのなかで懸命に泳いだ。さっちゃん、たすく、ゆかり、なつろう、兄ちゃんはめだかに名前をつけた。初夏から晩夏にかけて、ペットボトルのめだかは少しずつ数を減らしていった。いつだったか近所のおばさんがいっていた。「兄ちゃんはほんとうはバスケ選手になりたかったんだって。だけど才能がなかったんだって——」鉄工所のバラック小屋に取りつけられたバスケットゴールで、兄ちゃんはいつもひとりで練習をしていた。その眼差しは丁寧だった。いつも放課後にわたしが弟を抱っこして鉄工所のアルミ板をタンタンと踏み鳴らしながら、兄ちゃんのところへ行くと、兄ちゃんは作業服のまま出迎えてくれた。お、元気か？ 兄ちゃんはいつものくしゃっとした悲しそうな笑顔をつくり、それから遠くを見る目をした。わたしが兄ちゃんを見あげると、兄ちゃんはボールを持ってしゃがんだ。「1 on 1やるか？」わたしが頷くと、兄ちゃんは笑ってボールをわたしに渡した。オフェンスのわたしがシュートを外すと、ひとが変わったかのごとく兄ちゃんは敏捷にわたしを抜き去った。まるで風のように。そしてシュートは軽々と決まった。それから何回も、兄ちゃんはわたしの相手をしてくれた。何回も何回も。飽きずに。練習が終わると、兄ちゃんは鉄工所の裏の川に降りていった。その右手にめだかのはいったペットボトルが握られている。「とうとう、なつろうだけになっちゃったな」「皆、死んじゃったの？」兄ちゃんはそっとうなずく。「さっちゃんも、たすくも、ゆかりとも、いつかまた会えるよ」「ほんとうに？」「ほんとうさ。彼らは人間になるための修行をしていたんだよ。きっといつかまた会える」「そしたら、皆でバスケをしよう。さっちゃんと、たすくと、ゆかりと、おれと、そして兄ちゃんで！」「ちょうど五人！」「じゃあ、なつろうは？」「なつろうはマネージャーだよ」兄ちゃんの手のなかのなつろうは、ボトルの飲み口から泳ぎでてゆっくりと夕暮れの川に還っていった。「またね、なつろう」わたしはうずくまっていつまでも夕陽の映る川に手を振っていた。それから土手の草地に兄ちゃんとふたりで腰掛けた。「なんで兄ちゃんはそんなにバスケが強いの？」わたしがそう訊くと、兄ちゃんはいつものくしゃっとした笑顔をつくり、それから遠くを見た。「おれにはバスケの才能はないよ」そういって、それから急に真顔になってわたしを見つめた。「おれにはバスケの才能はないけど、おまえにはそれがある」兄ちゃんはそういって微笑んだ。「才能っていうのは、誰もが持ってるんだ。でもそれは自分で発掘しなきゃならない。ちょうど星と星を線でつないで星座を描くように。才能という星座を描くんだ。どの星とどの星をつなぐかは自分で決めなきゃならない。決定権だ。けれど人間の視点はちいさい。だから星と星をつなぎ終えてみなけりゃ、どんな星座が描かれたかなんて誰にもわからない。そして星座が描かれ終わったときには、ひとはもう寿命を終えるんだ。死ぬことで星座が完成するんだよ。でも死後の名声なんて、そんなもん人にくれてやる。そういうもんだよ、人間なんて」わたしは兄ちゃんのことばに懸命に耳を傾けた。まるでペットボトルで懸命に泳ぐめだかのように。今思えば、あのときの兄ちゃんのことばは稚拙で幼くて、それがすこし愛おしかった。大人になってから知ったことだが、プトレマイオスという学者が二世紀ころギリシアの植民地で星座を作ったという。彼は自分の外部に星をつなぐことによって、自分の内部につないだ空想の星を消失させた。美しさを証明したのだ。ほんとうは自分の中にあるか外にあるか、という問題に過ぎず、わたしたちが見ているものは、わたしたちの中に既にあるものだった。あらかじめ名称しているものを創造とは呼ばない。いつでも事後的な傷が、それらを創造へと架橋するのではないか。それが才能か災厄か、わからない。誰にもわかるはずがない。子どものわたしは弟をおんぶして、青い川の揺らぎの底にあしあとを重ねていった。日差しがゆっくりと傾いて、町はきらきらと光った。その日からしばらくして、兄ちゃんは鉄工所をやめた。兄ちゃんは忽然と姿を消してしまったのだ。どこに行ったのかは分からない。噂は、いろいろ流れた。犯罪。失踪。密売。けれどそのどれもが信じがたく、また信憑性がなかった。今でもわたしは兄ちゃんのことを思いだす。あの稀有な夏のいちにちの体験を思いだす。そして、少しだけ心が泣くのを感じるのだ。

あてどない庭の白さへ

I

庭にまさにひらきかけの無花果が枯れ落ちて、淡い蕾もひらくまえに風に乗ってどこかに行ってしまった。遠くまで。火のとどかないところまで。湖からはこの庭のようすを遠景として見ることができた。庭はひとつの燃える彫刻であり、大西洋の航海の図法であった。わたしはそっと手を差しだした。無花果はとうとう実をつけることはなかったが、芙蓉の木のとなりに丈の低い枇杷があって、これは見馴れない実をいくつかぶら提げては灯篭のように揺らめいていた。木が大きくなるたびに、子どもらは黄色い傘で枇杷の実をつつき落した。実をつつき落とすたびに女の子たちは噴水のように乱れた。みずべに満遍なく渡るあかるい声。風雨は悠々と地上を横断していった。

2

むかしの里山の如き田舎の風景には、無花果も枇杷も似つかわしいものであった。それらがどのようにこの土地で愛されるようになったか、そのきっかけをわたしは知らない。畦道をねこじゃらしをくわえながら行進する子どもたちの、ランドセルに落ちる光もまたかなしい。祖母の切ったおおきな西瓜もまた情緒的だ。西瓜は男児となって、ころん、ことん。お相撲さんのような星空だ。そしてわたしはふっくらした実存である。湖のむこうには舟も笑っている。

3

枇杷の黄色い膨らみにも苦笑し、果房にもたっぷりと苦笑し、どこまでもおおきい樹木だった。その末端部、先端のそれぞれに記銘するように枝葉は主張していたが、葉の緑も、黄も、素敵にきれいだった。枇杷は実りこぼれているわけだから、これを採ろうとするガキ大将もすでにおらず、ただ学校帰りのランドセルが離合集散しながら枇杷や無花果の木を取り囲んだ。嬌声。子どもたちは葉っぱでお面を作って遊んだ。やがてランドセルの集団は庭を過ぎて、川の橋げたを通り抜けてゆく。この川で遊ぼうというのだ。

4

川はあたらしい。わたしたちは土手にまで到達した。風はあらゆる放出をしている。そこでもやはり川は秩序であった。

5

夏、ガキ大将は石を川に投げては、その表面張力を味わっていたのだが、緑黄の深まる山では蝉の声もガキ大将の声も山へと吸い込まれてしまう。そしてあとには置き去りにされた幾多のランドセルと脱いだ靴だけでもちきりだ。

6

シギは北アラスカから飛んで来るが、無花果も枇杷も海の向こうまで達するようにと風を念じている。あるいは庭は風来坊のようだ。わたしは庭に佇んでいる。声は草地から細道をぬけて川べりまで続いていたのだった。川べりには、つ、つ、と小鹿のあしおとがする。わたしはそちらへと耳をひらいた。確かにそこには小鹿の敏捷があったが、シギは耳もふれず、火もふれず、ひらきかけの瞼。わたしはトンネルだった。

7

その川べりには夏にはランドセルたちが寄ってたかって花火をしていた。また、祖母が無花果を水でゆすいでくれた場所であり、全裸の赤ん坊があやされた痕跡があった。川べりでは水の深さが測られる。眸の深さへと至る不安。視力へと到達するのはおそろしくもあった。水へと透過するかのように、鳥や虫の声は空気へとはじき出される。赤や橙の葉がすこしずつ樹木のアーチを領有し、舗装の表層にもそれらの色あいが絵のように塗られていたのだった。わたしは、火のような葉っぱが鬼のお面へと作り変えられる、森への不吉を知っていた。

8

すると祖母の愛した無花果も枇杷も冬の到来を今かと待ち侘びて、箪笥のなかの草笛のように、ほどかれる歌を楽譜にていねいに繋いでいった。声を繋ぐたびに祖母はゆっくりと砂丘のような腹を仰向けにした。音楽というひとつの領土では、愛情もひとつの時間であった。そして祖母はきっぱりと微笑する。鳥の巣も朽果ててしまい、ただ、川床の小石たちだけが涙のように無花果を射ていた。その繊細さ。脆さ、にあるものとして。

9

野山は細い枝をしきりに張り巡らせて、そこには野鳥が一羽で優勝していた。なにも告げることはない。銀杏よ。銀杏よ、と母に手を引かれて、導かれるようにして子どもたちは熱を帯びた。これが連帯。銀杏のきれいな側に図形のように入りびたる子どもたちの足先が、か細くもあったしふくよかでもあった。彼らは無花果も枇杷も知らない。仮定することも知らない。けれども、見渡す山の火や焔をぱらぱらと頬張ることで、持続しない時の——過渡的な経過の——嚙み切った風雪を、かえって激しく空へと浴びせたのだ。そしてそこに降る雪へと、白を、白を、白を、重ねたのだ。

10

雪が降りゆけば、子どもたちはまた活発になる。ガキ大将は雪玉をまるめて敵陣へと投げる。ランドセルの集団は激しい攻防戦をくり広げた。雪玉が飛びかい、爆発し、悲鳴があがり、それから青空がゆっくりとほどけていく。戦国時代という膨らんだ構造のなかでは、わたしも結晶のしずかな一片。一面の白のなかにも、人間の表情があるし、ひとつの美貌があった。ある意味では、美貌暴走族というわけだ。ガキ大将の兄貴も、近くの鉄工所で働いていたが、鉄工所のそばのみどりの川で、めだかをすくう子どもたちの相手をしていた。射撃をおそわったのも、昔。めだかは繁殖し、やさしく泳いでいる。

11

そうなってしまえば、無花果や枇杷が実り誇っていた季節も、あるひとつの通過点にすぎず、通り過ぎるものや、行き交うものたちの、さやかな呼吸があたりを領しているのだった。どんなに静かでもそこには何かがあるということ。わたしたちの温度差が、友情となるということ。無花果と枇杷が消えても、悲しくなんかない。わたしたちに対して「差別と区別は違う」と教えた先生も、もうどこにもいないし。

12

おまえとあといつまで一緒にいれるかなあ、なんてことを考えて寂しくなる。「おまえは東京に行きたいんだってな。俺はおまえと一緒にずっとここにいたいんだけどな……。ここでずっと一緒にバスケをしようよ。東京なんていくなよ、なあ、兄ちゃん」

13

どんなときも、精一杯に生きるのだと、あなたは言いながら世界にゆっくりと溶け込んでいった。あるいは生きろ、飾れ、という命法を守りぬくために。わたしは声を整える。風を装ったわたしは心のなかに確かに光を知っていた。病めるときも健やかなるときも。わたしたちは完成度のたかいお辞儀をする。今は、飛びたつために身体を休めているとしても、いつかはあなたのところへはためきながら春を運ぶだろう。眸のなかに羽を宿して。そして光がゆっくりと満ちてゆく。

「またな――」

あとがき

宮島や広島の郷土、そして広島の持つ個性的な現象をテーマに作品を作りたいという気持ちは、前回の詩集『燃える庭、こわばる川』のときからあり、また、今後も続けていきたい試みである。宮島の猿は、わたしにとっては鹿と同様に島に生息する動物として身近な存在であり、また、その狂暴性に親しみを覚えていたのであるが、そんな猿をもとにした連作は、わたしのひとつの詩集制作の動機であった。そしてそんな動物たちの棲む宮島という島への愛着も、年々深まった次第である。今回、詩集を作るにあたって様々な方のお世話になった。ありがとうございました。

——望月遊馬

お世話になった皆様

岩下翔さん、川口晴美さん、川島雄太郎さん、川中慶喜さん、川本康博さん、けいさん、後藤聖子さん、杉本健さん、武内雄大さん、知念明子さん、寺嶋良さん、ともさん、なんくるさん、廣内淳さん、豆田勇貴さん、みやさん、ゆうゆうさん

（五十音順）

白くぬれた庭に充てる手紙

2024年7月31日 発行

著者：
望月遊馬

発行者：
後藤聖子

発行所：
七月堂
154-0021 東京都世田谷区豪徳寺1-2-7
Tel: 03-6804-4788
Fax: 03-6804-4787

装丁・組版：
川島雄太郎

印刷：
タイヨー美術印刷

製本：
あいずみ製本所

ISBN 978-4-87944-573-5 C0092